KB080160

토닥, 토닥

김한규 시인

토닥, 토닥

김한규 시인

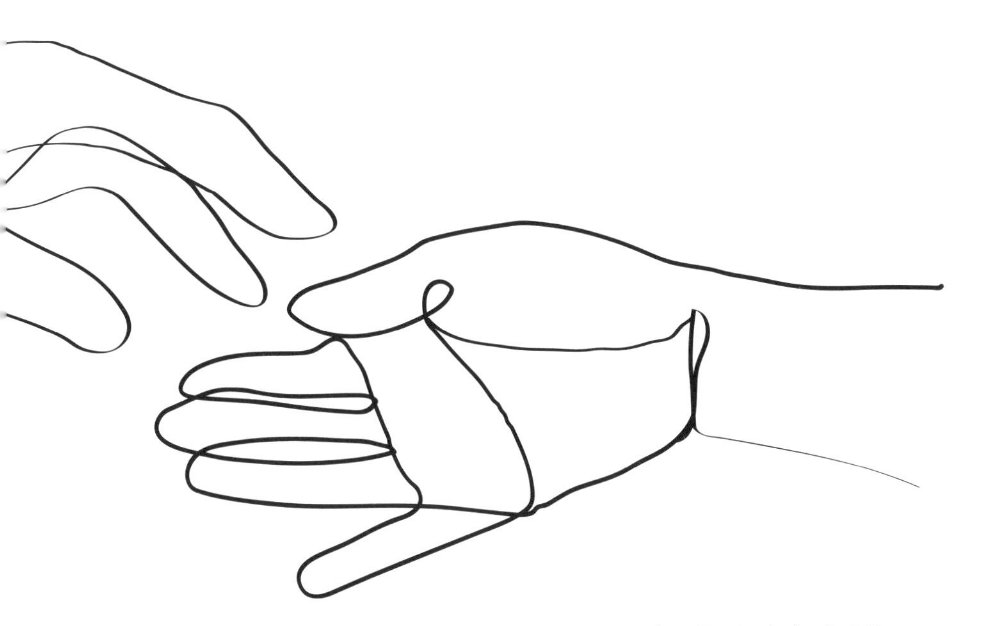

가족들에 대한 의미를
다시 생각하게 할
순수한 영혼의 고백

自序

오직 한사람이었다.
그대는 나무처럼 한번 뿌리내리고
꽃피고 지고 열매를 맺는데
제대로 자라지 못한 마음
집시처럼 방황하게 했다.

그대는 항상 같은 마음으로
사랑하며 행복 찾고 있는데
봄바람에도 쉽게 흔들리는
꽃잎 같은 작은 마음
함께하면서도 외로워했다.

어느 봄날
김 한규

추천사

김한규 시인의 시집 <토닥토닥>을 읽었다. 시인은 한편 한편에 삶에 대한 깊은 통찰을 담아냈다. 작품을 읽는 내내 습관처럼 '왜?'라는 말을 중얼거렸다. 왜 이렇게까지 사랑에 천착할까? 대부분의 작품에서 사랑에 대해 성찰하고 반성하는 태도를 보였다. 그런데 읽다가 보니까, 90여 편에 걸친 사랑의 언어가 결국 『사랑하는 H.E & J.R에게』라는 장시로 귀결이 되었다. 작가 후기에서 그 이유가 드러났다. 아! 그것이었구나.
시집 속에서 작가의 자화상 같은 시 한편을 발견했다. 어쭙잖은 해석이지만 독자의 권리 내지는 자유라고 생각한다. 본 시집 105쪽에 실린 『풍경 1』이다. 왠지 특별한 느낌으로 무딘 정서에 스며들어온다. 잘 읽었습니다.
박문자(소설가, 전 문화고등학교 국어교사)

김한규 시인의 <토닥토닥>은 시인 자신의 삶에 대한 끊임없는 성찰과 가족에 대한 사랑을 담고 있다. 시인은 자신에 대한 성찰까지도 가족에 대한 미안함과 감사로 노래한다. 가족에 대한 사랑이 이토록 애절할 수 있을까 싶을 정도다. 바쁘게 살아가는 현대인들이 자칫 소홀해질 수 있는 가족들에 대한 의미를 다시 생각하게 할 순수한 영혼의 고백이다.
채선옥(수필가, 서라벌대학교 교수)

차례

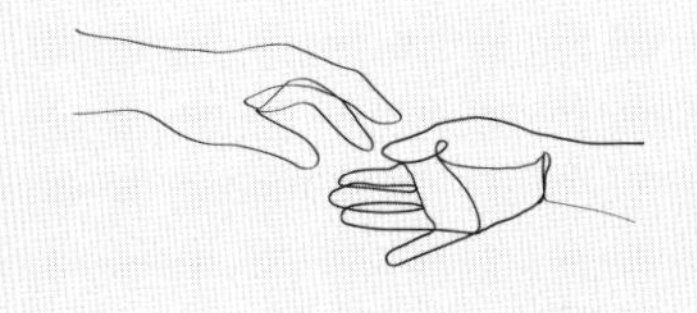

시작할 때

말이 마음 앞서지 못하도록
홀로 숨기고 또 숨겨도
그대 앞에, 그대 곁에 서면
늘 말이 어리석게 앞서가서
제대로 된 마음 표현할 수 없다.

갑자기 고장 난 기계처럼
일상적인 일은 어색해지고
어둠 속의 한 줄기 빛처럼
어느 곳에 있어도 그대만 보여서
숨을 곳도 없는 마음만 안타깝다.

* 안타깝다 : 뜻대로 되지 아니하거나 보기에 딱하여 가슴이 아프고 답답하다.

토닥토닥 1

토닥토닥
사랑한다 말 못하고
그저 그대 등 토닥입니다.
무엇하나 이루지 못하고
미안한 마음 달랩니다.

토닥토닥
고맙다 한마디 못해서
그저 그대 등 토닥입니다.
시간 지날수록 퇴색되는
우리 사랑 다독입니다.

토닥토닥
굴곡진 하루를 견디려
거미줄에 걸린 생존을 껴안고
가녀린 그대를 토닥이면
내일을 살아낼 것 같습니다.

토닥토닥
그대를 위로하는 것 아니라
흔들리는 오늘과 내일로
자꾸만 불안해지는 마음
그대에게 위로받는 소립니다.

* 다독이다 : 남의 약한 점을 따뜻이 어루만져 감싸고 달래다.
* 굴곡(屈曲)지다 : 살아가면서 잘되거나 잘 안 되거나 하는 일이 나타나는 변동이 있다.
* 위로(慰勞) : 따뜻한 말이나 행동으로 괴로움을 덜어 주거나 슬픔을 달래 줌.

우산 1

빗물이 창 안을 기웃거리면
작은 우산 하나로 의지하던
그날처럼 함께이고 싶습니다.

체온을 느낄 만큼의 거리
터질 듯 쿵쾅거리던 심장
그날의 우산을 갖고 싶습니다.

옛날 사진처럼 어디 있는지
그때의 마음은 잊었지만
비가 오면 우산 속의 사람들이
그대 같아서 환장하게 만듭니다.

벌써 봄 지나 늦가을이지만
우산 하나를 준비합니다.
옷 젖을 일이 없는 우산이지만
그리운 마음 흠뻑 젖는답니다.

비가 오면 많이 그리운 것 아시죠?

* 의지(依支)하다 : 다른 것에 마음을 기대어 도움을 받다.
* 환장(換腸) : 어떤 것에 지나치게 몰두하여 정신을 못 차리는 지경이 됨.
* 그립다 : 보고 싶거나 만나고 싶은 마음이 간절하다.

한사람 1

보고 싶은 사람이 있습니다.
눈만 뜨면 가슴 설레는
눈 감으면 더욱 떠오르는
그런 사람이 있습니다.

그 사람에게 힘든 일인 줄
알면서도 달려가고픈
곁에 있으면 더욱 안타까운
그런 사람이 있습니다.

헤어지는 것이 너무 힘들어
자꾸만 뒤돌아 보아지던
전화기를 통해서도 보이던
너무나 소중한 사람 있습니다.

늘 같은 아침을 맞이해도
행복해질 거라고 믿었던
사랑한다 말하지 않아도
사랑한 사람이 있습니다.

* 설레다 : 마음이 가라앉지 아니하고 들떠서 두근거리다.
* 안타깝다 : 뜻대로 되지 아니하거나 보기에 딱하여 가슴이 아프고 답답하다.

외로워서 사람이다

외로워서 사람이다.
그대 곁에 있어 외롭고
그대 멀리 있어 외롭다.
사랑 깊어서 외롭고
사랑 희미해져서 외롭다.

외로워서 사람이다.
그대 얼굴만 곁에 있는 것 같아 더욱 외롭고
그대 마음 멀리 있는 것 같아 더욱 외롭다.
시간에 내 사랑만 깊어져서 더욱 외롭고
그대 사랑은 희미해지는 것 같아 더욱 외롭다.

외로워서 사람이다.
지나온 시간 서러워서 외롭고
살아갈 날 두려워서 외롭다.
혼자 한 사랑 같아서 외롭고
혼자 남겨진 사랑이라서 더욱 외롭다.

외로워서 사람이다.

* 희미(稀微)해져서 : 분명하지 못하고 어렴풋해져서.
* 서러워서 : 원통하고 슬퍼서.

토닥토닥 2

토닥토닥
살며시 껴안고 토닥여주는
당신이 너무 좋습니다.
사랑한다 말하지 않아도
작은 그대 손으로 전하는
마음을 느낄 수 있어서
당신이 너무 좋습니다.

토닥토닥
힘든 삶으로 여위어가는
그대가 등을 두드립니다.
세상살이 맞추어 산다고
내일 없는 오늘을 살아도
아픈 마음을 쓰다듬으며
그대가 등을 두드립니다.

토닥토닥
시간이 익어가는 소립니다.
활화산 같은 불꽃 없어도
꺼지지 않는 은은한 열기
지나온 우리의 향기로 남아
행복한 내일을 꿈꾸게 하는
서로가 사랑을 다독입니다.

* 여위다 : 몸의 살이 빠져 파리하게 되다.
* 은은(隱隱)하다 : 겉으로 뚜렷하게 드러나지 않고 어슴푸레하며 흐릿하다.

술

함께 마실 사람 없어
혼자 마신다.
누구를 탓할 수 있나.
석 잔 술이면
대도에 통하는데
술이 작다 할 것인가?
시름 많아서
잔을 기울여도
후회는 생생하구나.
인생이란
꿈과 같다 하였으니
대취해도 꿈이어라.
그 누가 있어
꿈속에서라도
대작해 주었으면.

* 탓하다 : 핑계나 구실로 삼아 나무라거나 원망하다.
* 대도(大道) : 크게 깨친 이치. 또는 그런 경지.
사람이 마땅히 지켜야 할 큰 도리.
* 삼배통대도(三杯通大道) : 석잔 술로 대도와 통한다.
이백(李白)의 시 "월야독작(月夜獨酌)"중 한 구절.
* 시름 : 마음에 걸려 풀리지 않고 항상 남아 있는 근심과 걱정.
* 생생하다 : 시들거나 상하지 아니하고 생기가 있다.
* 대취(大醉) : 술에 잔뜩 취함. 만취
* 대작하다(對酌-) : 마주 대하고 술을 마시다.

한사람 2

너무 다른 사람이어서
많은 시간 함께 나누어도
마주 보며 그리워했던
안타까운 사랑이었네.

너무 닮은 사람이라서
오랜 시간 서로 기다려
눈으로 잡은 손, 부끄러워
바보 같은 사랑 꿈꿨네.

사랑하는 마음으로
사랑받으려는 기다림
서로 거울처럼 보여주며
애태우던 사랑이었네.

너무 다른 사람이라서
너무 닮은 사람이어서
이토록 가까이 있으면서
사랑한다 말 못 하고 사네.

* 애태우다 : 애가 탈 정도로 매우 걱정하다.
* 애 : 근심에 쌓인 마음속.
  창자를 뜻하는 옛말.

이별 그 후 5

밥을 먹거나
술을 마시거나
습관적인 말투 하나
비수 되어
아무도 모르게
가슴 깊은 곳
헤집어 상처를 냈다.

낯선 거리
지나치는 사람들
힐끗거리는 모습 하나
그리움 되어
안타까운 마음
반복되는 슬픔
감내할 수 없게 했다.

수많은 만남처럼
헤어짐도 일상인데
만남의 시간보다
헤어지는 시간이
이토록 길어질 줄
정말 몰랐었다.
잊지 못하고 산다.

* 비수(匕首) : 날이 예리하고 짧은 칼
* 헤집다 : 긁어 파서 뒤집어 흩다.
* 힐끗거리다 : 가볍게 슬쩍슬쩍 흘겨보다.
* 안타깝다 : 뜻대로 되지 않아서 보기에 딱하여 가슴이 아프고 답답하다.
* 감내(堪耐) : 어려움을 참고 버티어 이겨 냄.

공제선

너를 보내고 나는,
너의 공제선이 되고 싶었다.
네가 볼 수 있는 끝자리
너의 눈길 잡고 싶었다.

수평선이나 지평선처럼
드물게 볼 수 있는 것보다
추억 있는 모든 곳
너의 공제선이 되고 싶었다.

* 공제선(空際線) : 능선처럼 하늘과 지형이 맞닿아 이루는 선.
야간에도 이 선에 있는 인원과 장비는 눈에 쉽게 보이므로
이 선은 군사적으로 중요하다.
* 드물다 : 어떤 일이 일어나는 일이 잦지 아니하다.

현실

자랑스러운 아들 되고 싶었지만
응석둥이처럼 제멋대로 살아서
견마지양조차 제대로 못하고 산다.

존경받는 남편 되고 싶었지만
부나비인 줄 모르는 환상 쫓다
온전했던 천국 위협하며 산다.

아이들의 사표 되고 싶었지만
인생 길잡이 되어주지 못하고
겨우 타산지석이나 되어 산다.

* 응석둥이 : 어른들이 귀여워해 줄 것을 믿고 버릇없이 굴며 자란 아이.
* 견마지양(犬馬之養) : 개나 말의 봉양이라는 뜻으로.
봉양만 하는 것은 효도가 아니라는 뜻.
* 부나비 : 불나방. 빛을 향해 일정한 각도를 유지하면서 나는 특성 때문에
불빛 주위를 빙빙 돌다 결국 불속으로 들어가게 된다.
* 환상(幻想) : 현실적인 기초나 가능성이 없는 헛된 생각이나 공상.
* 온전한 천국 : 행복한 가정이 온전한 천국이다.
* 온전하다(穩全-) : 본바탕 그대로 고스란하다.
잘못된 것이 없이 바르거나 옳다.
* 사표(師表) : 학식과 덕행이 높아 남의 모범이 될 만한 인물.
* 길잡이 : 길을 인도해 주는 사람이나 사물.
나아갈 방향이나 목적을 실현하도록 이끌어 주는 지침을 비유적으로 표현.
* 타산지석(他山之石) : 다른 산의 나쁜 돌이라도 자신의 산의 옥돌을 가는데 쓸 수 있다는 뜻으로. 본이 되지 않는 남의 말이나 행동도 자신의 지식이나 인격을 수양하는 데에 도움이 될 수 있음을 비유적으로 표현.

약속

사람들 사랑을 하면
얼마나 하나
사람의 약속처럼
쉽게 부서지는 것 없는데
사랑의 약속만
영원하기를 바라느냐.

선술집에서

어제와 똑같은 오늘을 산 사람들
한 잔 술로 어제와 오늘을 지워내고 있다.
살아온 세월이 다른 사람들
늘편한 이야기 사이사이로
사랑과 후회가 닮아있는 것을 본다.

간간히 들려오는 옆자리 한숨
그대만 모르는 슬픔으로 흘렀고
멀리서 들려오는 축배의 잔
지난날 맹세한 그대와의 사랑
숨겨온 눈물처럼 흘러넘쳤다.

한 잔 술을 비워낼 때마다
잊고 살아온 세월 되살아났지만
사랑이 너무 깊으면 슬퍼지는 것처럼
한잔 또 한잔이 더해지면
많은 사람 속에서 외로워졌다.

* 선술집 : 술청 앞에 선 채로 간단하게 술을 마실 수 있는 술집.
설비가 간단하고 가격이 싼 술집을 통틀어 이르기도 한다.
* 늘편하다 : 퍼지르고 앉거나 누운 모양이 펀펀하고 넓다.
* 간간히 : 아슬아슬하고 위태롭게.

고백

나는 한때 모든 것을 포기했고
살아갈 용기마저 잃은 적이 있다.
하루하루를 애써 크게 웃어야
그나마 숨 쉴 수 있는 날이었다.
혼자만의 시간에 남겨질 때마다
생사를 넘나드는 많은 생각
더 이상 짜낼 눈물도 없는
고독한 밤을 지새워야만 했다.

나는 용기마저 잃고서 알았다.
정말 소중한 것은 가까이 있었다.
거미줄에 걸려 사는 거미처럼
스스로 만든 감옥에 갇혀 살수록
혼자만의 시간은 길고도 길어서
쉽게 떠나가는 사람 많았지만
오롯이 가슴으로 기다려주는
사람들과 함께 산다는 것을 알았다.

* 오롯이 : 모자람이 없이 온전하게
* 재산을 잃으면 조금 잃은 것이고, 명예를 잃으면 많이 잃는 것이며, 용기를 잃으면 전부를 잃는 것이다. - 괴테 -

그대도 그러했나요?

많이 사랑하면
더 많이 행복해질 거라고
그대 사랑하고
더 사랑했는데
많이 사랑하면 할수록
더 많은 눈물 흘렸어요.

많이 사랑한다고
더 많이 행복한 것 아니라고
마음 숨기며
그대 사랑했는데
혼자만 사랑한다 생각되면
그대 사랑은 너무 작아 보였어요.

아주 작은 일에도
너무 많이 행복해지고
때론 아주 작은 일에도
미움 가득해지는
한순간 한순간 모여서
그대의 사랑을 알게 되었어요.

사랑하는 일이
늘 행복한 것만은 아니어서
때로는 슬프고 외로운
날을 껴안고 살아서
더더욱 깊어진 사랑
오직 그대를 보게 했어요.

그대도 그러했나요?

사랑했기에

늘 남겨지는 사람의 일인 것 같았습니다.
사랑하면서 지워져야 하는 아픔
아쉬움의 손짓조차 거짓으로 보였습니다.
차마 안녕이라 말하지 못한 것은
아직 조용히 흘려야 할 눈물
많은 날로 남았기 때문은 아니었습니다.
사랑했다고 돌아선 그 사람을
사랑하면서도 붙잡지 못하는 마음이
말문을 막아 무너진 가슴 탓입니다.
사랑하는 일이, 사랑했었다는 말이 되어
그대 폐부에서 울려 나오는 이 시간이
이토록 슬픈 일 될 줄은 몰랐습니다.
늘 남겨진 사람의 일인 것 같았습니다.
사랑했기에 감내해야 할 긴 그리움마저.

* 차마 ; 부끄럽거나 안타까워서 감히.
* 폐부(肺腑) : 마음의 깊은 속. 허파.
* 감내(堪耐) : 어려움을 참고 견딤.

편지 1

어느 날처럼 일주일이 지나고
한 달이 지나도 또 어제인 것처럼
만날 수 있기를 바라면서
제 마음처럼 좀 서둘러 오는
꽃 소식에 우표 하나 샀습니다.

봄이면 온통 진달래만 눈에 들어오더니
근래 들어서는 산수유가 유독 정겹답니다.
창밖에 노랗게 핀 꽃이 그대 같아서
자꾸자꾸 노란색이 좋아지는 봄입니다.
한낮에는 벌써 초여름을 느끼게 하는
따가운 햇살마저 그해 봄날 같아서
그립고 또 슬프답니다.

이맘때면 목련이 생각난다고
나지막한 목소리로
"하얀 목련"을 찾던 생각이 납니다.
돌릴 수 없는 시간이
그대와 내 곁을 스쳐 지나갔지만
우체국에 가서도
보낼 수 없는 편지를 씁니다.

소인이 찍힌 우편 봉투 하나
아주 오래된 기억처럼 남아
이미 지나간 흔적인 줄 알면서
거짓말처럼 전해지기를 바라며
받는 사람 그대라고 적어 봅니다.
못내 서러운 소망이라는 단어로
끝내 소망 되었다 할지라도.

* 소망(所望) : 어떤 일을 바람. 또는 그 바라는 것.
* 소망(消忘) : 기억에서 사라져 잊힘.

사랑했기 때문에 2

어느 곳에나 있고 어느 곳에도 없는 바람처럼
어제는 과거의 일일 뿐이라고 지나갈 때 또는
지난날의 내일을 살다 보면 한때의 걱정처럼
잊어지고 또 사라진 것 같은 것이 각혈하듯
세상 밖으로 나올 때가 있다는 것을 안다.

헤어짐이 사랑의 끝은 아니라서
세월이 약이라고, 시간으로 잊을 수 있다고
하루하루 더 크게 웃고 살지만
봄날이면 가로수 봄꽃 때문에 그립고
가을이면 한 잎 낙엽 때문에 그리워진다.

하루를 살아야 하루해가 지는 것처럼
여백이 채워지는 것이 삶이다.
사랑했기 때문에 잊을 수 없는 것이다.
여름날 뜨거웠던 태양처럼 사랑했고
겨울날 흰 눈처럼 순수하게 사랑했기 때문에

* 격정 : 강렬하고 갑작스러워서 누르기 어려운 감정.
* 각혈 : 혈액이나 혈액이 섞인 가래를 포함 또는 그런 증상.
* 여백 : 종이 전체에서 그림이나 글씨 따위의 내용이 없이 비어있는 부분.
* 순수(純粹)하다 : 사사로운 욕심이나 못된 생각이 없다.

첫사랑만 사랑인가요?

변하지 않는 기억으로
못 박아놓은 추억
이별한 다른 사랑보다
가끔 많이 그리워진다고
첫사랑만 사랑인가요?

사랑이 끝냈을 때
우리 삶은 끝나지 않았고
행복했던 수많은 상처
추억되기를 기다렸다고
첫사랑만 사랑인가요?

가슴 두근거리지 않는
봄, 여름, 가을, 겨울지나
고목에 꽃 피는 것처럼
다시 심장이 고동치는데
첫사랑만 사랑인가요?

이루어진 사랑보다
헤어진 사랑 넘쳐나고
이제 마음으로 울고 웃는
오직 한 사람 갖고 있는데
첫사랑만 사랑인가요?

그 끝이 천국 아니라
지옥이라 할지라도.
끝까지 함께 가고 싶은
오직 한 사람 그대인데
첫사랑만 사랑인가요?

* 고동치다 : 심장이 심하게 뛰다.
희망이나 이상이 가득 차 마음이 약동하다.

이 가을에는

이 가을에는
빠르게 가는 햇살처럼
슬픔의 시간은 짧게
행복했던 추억은 쌓이게 하소서.

이 가을에는
긴 기다림에 지쳐버린
더딘 이 발걸음
그대에게 닿지 않게 하시어

이 가을에는
오직 그대만을 향한
아둔한 이 마음
차라리 그대 모르게 하시고

이 가을이 지나가면
이제 추억되어버린
우리의 시간
긴 향기로 남아 있게 하소서

* 더디다 : 어떤 움직임이나 일에 걸리는 시간이 오래다.
* 아둔하다 : 슬기롭지 못하고 머리가 둔하다.

사랑하기 때문에

사랑할 수 있을 때 사랑하라고
변하지 않는 사랑을 보여 달라며
어제 흘린 눈물은
누구를 위한 슬픔이었나요?
사랑하기 때문에
흘려야 하는 눈물이라면 그대
나를 위해 울지는 마세요.

떠나보낼 사람을 위해
미리 슬퍼할 필요는 없다며
만남의 다른 말이
이별이라고 말하던 그댄 누구였나요?
사랑하기 때문에
이제 떠나야 한다는 그대
나를 위해 떠난다고 하진 마세요.

사랑하는 사람은 미안하다.
변명하지 않는다며
따뜻하게 안아주던 그대는
지금 누구의 손을 잡고 있나요?
사랑하기 때문에
사랑했기 때문에 했던 약속
이제 모두 잊기로 해요.

술만 마신다.

그대처럼 붉어진 얼굴
그림자 앞세우는 달
걸음 멈추고 돌아가라는데
설렘이 미움 되어버린
우리 삶이 안타까워
술만 마신다.

맹세한 사랑이기에
함께 황혼으로 걸어가도
다른 꿈으로 살아가면
이루지 못해 불행해지는
비교뿐인 오늘이 서러워
술만 마신다.

* 설렘 : 마음이 가라앉지 아니하고 들떠서 두근거리다.
* 황혼 : 해가 지고 어스름해질 때
사람의 생애가 한창인 고비를 지나 쇠퇴하여 종말에 이른 때.

한사람 4

눈 감아도 보이는
가까이 있기에
더욱 외로운 사랑입니다.

오랜 기다림 뒤
지난했던 시간 속으로
다가온 오직 한 사람.

마음부터 잡은 손이라
앞으로 갈 수도 잊을 수도
없었던 사랑입니다.

만남으로 이별이 잦아
잡히지 않는 무지개처럼
요원했던 오직 한 사람.

잊는 일보다 사랑하는 일이
더 큰 슬픔인 줄 알아도
사랑하고만 오직 한 사람.

* 지난(至難)하다 ; 지극히 어렵다
* 요원(遙遠)하다 ; 아득히 멀다, 까마득하다.

저 여인을 보아라.

철저한 고립
위안할 것도 없이
묵묵하게 걸어가는
저 여인을 보아라.
삶에 지치고
생활에 속으며
고단함을 등에 진
저 여인을 보아라.
시작은 있어도
끝이 보이지 않는
헌신의 길 걸어가는
저 여인을 보아라.
나이는 외로워지고
마음은 가난해져서
침묵으로 울고 있는
저 여인을 보아라.
홀로 키가 컸다는
아이들의 세상
행복으로 채우려는
저 여인을 보아라.

황혼에 깊어진 주름
내일보다 어제를 사는
우리들의 어머니
저 여인을 보아라.

* 고립(孤立) : 외따로 홀로 떨어짐.
* 고단하다 : 처지가 좋지 못해 몹시 힘들다.
* 헌신(獻身) : 몸과 마음을 바쳐 있는 힘을 다함.

중년 여인

양귀비꽃 붉다
그대 마음 또한 붉었으리라
이루진 사랑은 멀어져가고
가슴 아픈 사랑 이루어지지 않았으니
그 심장이 얼마나 뜨거우랴.

봄날 5

꽃 피면 슬프고
꽃 지면 더 슬픈
봄이다.

집을 짓지 않는
사랑이란 열매 없는
꽃이다.

한 잎 잎사귀마저
떠나보내고 피는
봄꽃이다.

함께 견디어 낸
소중한 겨울
봄날을 만든다.

호상이란 없다

호상이라 말하지 마라.
여든하고 몇 해 더 사셨다
호상이라 하지 마라.
함께 늙어온 기억만 껴안고
죽어야지를 입에 달고 살았어도
죽음에는 호상이 없다.
남겨지는 사람도
떠나가는 사람도
모두 여한 없다면
호상이라 할 수 있겠지만
세상살이 후회를 남기지 않는
인연 어디 있으랴.
효를 다하지 못해 슬프고
자식들을 위한 기도
더 이상 할 수 없어 슬픈 것을
죽음에는 호상이란 없다.

* 호상(好喪) : 복을 누리고 오래 산 사람들의 상사(喪事)
* 여한(餘恨) : 풀지 못하고 남은 한(恨)
* 후회(後悔) : 이전의 잘못을 깨우치고 뉘우침.

어머니와 나

어머니는 오늘도
둘러맨 가방 속 양산
방안에서 찾아오라며
현관문 나서고 있다.
어머니는 오늘도
매사 잊지 않으시려
정신 챙겨야지 다짐하신다.

나는 오늘도
가슴 속 깊이 가두어놓은
자신을 찾지 못해서
현관문 안에 갇혀있다.
나는 오늘도
비참한 추억 잊지 못하고
잊어야지를 입에 달고 산다.

* 매사(每事) : 하나하나의 모든 일.
* 다짐 : 마음이나 뜻을 굳게 가다듬어 정함.
* 비참(悲慘) : 더할 수 없이 슬프고 끔찍함.
* 비참한 추억 : 오늘의 슬픔 가운데 가장 비참한 것은 어제의 기쁨에 관한 추억이다. - 칼릴 지브란 -

그대

그대를 사랑하면 행복한 슬픔이란 걸 알았지만
그대에겐 너무 쉽게 마음의 문이 열렸죠.
그대처럼 장난스럽게 별을 사랑할 것을
그대에게 너무 가까이 다가섰나 봐요
그대의 눈빛에 이제 갇혀 버렸어요.
그대뿐이었어요. 이토록 아픈 사랑이지만
그대만 모르는 사랑이라고 때론 외면받거나
그대와 영원히 함께할 수 없다 해도
그대가 바라봐 주는 모든 순간이 행복했어요.
그대도 알게 되겠지요. 꽃이 피거나, 비가 내리거나
그대 다시는 할 수 없는 사랑을 지나왔다는 것을
그대는 언제나 내 첫사랑의 설렘입니다.

* 외면(外面) : 마주치기를 꺼리어 피하거나 얼굴을 돌림.
* 설레다 : 마음이 가라앉지 아니하고 들떠서 두근거리다.

낙서

보고 싶다 썼다 지우고
그립다 썼다 지우고
사랑했다. 썼다 지우고 만다.

야속하다고 썼다 지우고
밉다고 썼다 지우고
그래도 사랑한다고 쓰고 만다.

* 말다 : 어떤 일이나 행동을 하지 않거나 그만두다.
* 야속(野俗)하다 : 무정한 행동이나 그런 행동을 한 사람이 섭섭하게 여겨져 언짢다.

사랑 이야기

혼자 마시는 커피에 그대 향기가 나고
스쳐 지나치는 거리마다 그대가 보인다.
진실이란 알고 있는 것보다 더 고통스럽고
이룰 수 없는 꿈을 꾸는 것은 슬픈 일이다.

때론 가장 절실하게 원하는 것을
갖지 말아야 하는 때도 있음을 알기에
수없이 체념하고 혼자 울었지만
신이라 할지라도 운명은 피할 수 없다.

그 사람이 보이기를 느리게 가는
시계바늘처럼 기다려 보았지만
다른 길을 걸어가는 발걸음 소리
거짓말처럼 귀속에 들렸다.

창밖의 한가한 놀이터엔
빈 그네 혼자 바람을 타고
언젠가 그 사람이 앉았던
그네에 시간이 흔들리고 있다.

말하지 못했던 마음으로
찾아지는 무지개는 아니지만
당신을 만나는 순간 매일 아침
사랑에 빠지게 될 줄 알았다.

사랑할 때 행복의 대가로 찾아오는
끝 모를 긴 슬픔과 공허함을 알지만
이미 당신을 만나고 난 다음에는
너무 늦은 것도 알았다.

사랑 없이 사는 삶이라면
새장 안의 새들도 행복하지 않다.
모든 것은 한순간에 시작되었다.
그대를 처음 만난 그 순간.

* 절실(切實)하다 : 느낌이나 생각이 뼈저리게 강렬한 상태에 있다.
매우 시급하고도 긴요한 상태에 있다.
* 체념(諦念) : 희망을 버리고 아주 단념함.
* 공허(空虛)함 : 아무것도 없이 텅 빔.
실속이 없이 헛됨.

유치한 것이 사랑이다

유치한 것이 사랑이다
너무 흔해서 길거리 스피커
숨 가쁜 목소리로 사랑 노래
TV에선 낙엽 같은 사랑들이
온갖 형태로 쉼 없이 채널 따라
장난처럼 스쳐 지나간다.

사랑한다는 것이
보고 싶다는, 함께 있고 싶다는
그런 마음 이외에
어떤 이유를 갖는지 모르겠다.
유치한 것이 사랑이다.

내 사랑은 유치한 것이라서
그대를 볼 수 없는 일
그 하나만으로 가슴 아프다.
사랑한다는, 함께이고 싶다는 것
함께 할 수 없어서 가슴 아픈
그런 일 이외의 사랑이란 무엇인가?

유치한 것이 사랑이다.

* 유치(幼稚)하다 : 수준이 낮거나 세련되지 못하다.

자책

시간이 가져가 주기를
기도하며 살았다.
벽을 허물어 문을 만들려는
어리석은 시간이 흐른 후
벽은 벽으로
문은 문으로
소용됨을 말았다.
이미 수많은 문이 있는데
마주 보는 문을 만들고 싶었던 것이었다.
서로 마주 보아야
소통되는 줄 알았다.
아주 다른 사람인 줄 알았던 때보다
행복할 수 없는 이유가 그곳에 있었다.
아무리 사랑해도 행복해지지 않는
이유가 그곳에 있었던 거다.
듣고 싶은 것만 듣고
보고 싶은 것만 보았기에
서로를 이해할 수 없었다.

* 자책(自責) : 자신의 결함이나 잘못에 대하여 스스로 깊이 뉘우치고 자신을 책망함.

그대만의 꽃이 되어

아무렇게나 핀 것 같아도
너무 늦게 핀 것 같아도
어찌 사랑하지 않을 수 있으랴
이미 그대 눈길 닿은 다음에야

누구 하나 쳐다보지 않아
홀로 초라하게 피었어도
조용한 바람으로 찾아주시는
그대 마음이 피어 준 꽃이라서

반복되는 시절의 고달픔으로
웃지 못하고 피었어도
은은한 달빛으로 비춰주시는
그대 사랑이 피워준 꽃이라서

서럽게 핀 꽃이 어디 있으랴
지난했던 지난날의 일상과
허상에 눈이 찔린 어리석음
몸으로 견디며 피운 꽃이라서

그저 바람에 이리저리 흩날리던
여리고 여린 하나의 꽃봉오리
그대 눈길이 닿았을 때 비로써
그대의 활짝 핀 꽃 되었어요.

지난날 모습은 기억하지 않을래요.

오직 한 사람 그대에게 지금의

아름다운 향기를 선물하고 싶어요.

그대를 위해 피어난 꽃이 되어

* 고달프다 : 몸이나 처지가 몹시 고단하다.
* 지난(至難)하다 : 지극히 어렵다.
* 허상(虛像) : 실제 없는 것이 있는 것처럼 나타나 보이거나 실제와 다르게 나타나는 형태.
* 여리다 : 의지나 감정 따위가 모질지 못하고 약간 무르다. 단단하거나 질기지 않아 부드럽고 약하다.

비밀

누구와도 공유할 수 없는
비밀 하나쯤 갖고 살아지는
세월에 매달려 산다.

누구나 아는 일이
가장 가까운 사람에게
비밀 되는 세상을 산다.

* 비밀(秘密) : 숨기어 남에게 드러내거나 알리지 말아야할 일.
밝혀지지 않았거나 알려지지 않은 내용.
* 공유(共有) : 두 사람 이상이 한 물건을 공동으로 소유함.

부탁

그대 만약 내 사랑이라면
욕심내지 않아도 함께하겠지만
우리 서로 인연 아니라면
욕심내어도 지나치고 말겠지요.

어떤 인연은 나의 역사라서
그리움으로 잊으며 살겠지만
그대는 언제나 오늘이라서
내일을 함께 꿈꾸며 살고 싶어요.

다툼도 많고 슬픔도 많아서
혼자살이보다 풍파 많겠지만
서로에게 작은 상처 주어야
연리지 되는 축복도 있으니까요.

그림자 나란히 걷고 싶어요.

* 혼자살이 : 결혼을 하지 않고 혼자 살아가는 생활.
* 풍파(風波) : 세찬 바람과 험한 물결을 아울러 이르는 말.
세상살이의 어려움이나 고통.
* 연리지(連理枝) : 두 나무의 가지가 서로 맞닿아서 결이 서로 통한 것.
화목한 부부나 남녀 사이를 비유적으로 이르는 말.

한사람 6

창밖에 비 내리는데
그댄 소식 없네요.
비 내리는 창가에 서서
울리지 않는 전화벨에
많은 날이 외로웠다고
비 내리는 날엔
조금 더 사랑하겠다던
오직 한 사람 그대였는데

햇살 가득한 바닷가에도
그대 곁에 없네요.
조금 더 늦게 만났더라면
서투른 사랑 표현으로
서로를 이해하지 못해서
만들었던 많은 상처 없이
더 많이 행복했을 거라던
오직 한 사람 그대였는데

비 오는 날이거나
별이 총총한 날이거나
전화벨은 자주 울리지 않지만
그리움은 함께한
시간만큼 깊고 깊어서

어느 곳에서도 고개만 돌리면
미소 가득한 얼굴 하나
그대 있다는 것을 안다.

* 서투르다 : 일 따위가 익숙하거나 능숙하지 못하다.
생각이나 감정 따위가 어색하고 서먹서먹하다.
* 총총하다 : 촘촘하고 많은 별빛이 또렷또렷하다.
들어선 모양이 빽빽하다.

2010 아이들

놀이터에는 이젠 아이들이 없다.
동네 어귀에서 재미있어하며
뛰어놀던 아이들이 이제 없다.

모두 무엇을 배우느라 바쁘고
컴퓨터와 게임기에 갇혀 지낸다.

학원에서 학원으로 밤이 깊어도
집에 돌아가지 못하는 아이들은
놀이터가 어디에 있는지도 모른다.

행복이 성적순이 아니라는 말은
누구를 위한 거짓말이었다.

어른이 된 아이들이 아직도
행복이 성적순이라고 강요한다.

* 어귀 : 드나드는 목의 첫머리
* 강요(强要) : 억지로 또는 강제로 요구함.

술은

술은 그리움으로 채워지고
술은 슬픔으로 비워지는데
밤이 깊어지면
어제 마신 그 많은 슬픔
거리의 낙엽처럼 쌓여도
눈길 닿는 곳마다 그리움이다.

술은 추억으로 즐거워지고
술은 그리움으로 외로워지는데
늦은 가을이나 이른 봄
텅 빈 들녘에 까마귀 떼처럼
무리 지어서 살아도
외롭다며 그리움 쌓아간다.

그리워질 사람

우리는 모두
서로 그리워할 사람과
아웅다웅하며 함께 산다.

떠나간 사람은
그리운 사람도 있고
미운 사람도 있지만
곁에 있는 사람은
언젠가 그리워질 사람이다.

멀어진 그리운 사람
곁에 있어 그리워질 사람
모두 소중한 인연
무덤덤해진 사람도
함께해서 그리워질 사람이다.

우리는 모두
언제나 그리워질 사람과
후회를 쌓으며 함께 산다.

* 아웅다웅하다 : 대수롭지 아니한 일로 서로 자꾸 다투다.
* 언젠가 : 미래의 어느 때에 가서는
* 무덤덤하다 : 마음에 아무 느낌이 없어 예사스럽다.
* 언제나 : 모든 시간 범위에 걸쳐서 또는 때에 따라 달라짐이 없이 항상.

친구

인생이 한 번쯤 이상한 곳에서
이상하게 변한다고 해도
서두르면 안 된다.
한 걸음씩 걸어가다 보면
이해할 수 없는 많은 일
한 잔의 술로 한담 되는
어떤 날에 닿아 있을 것이기에

가끔 우리의 삶이 죽음보다도
더 고통스럽다는 것을 알아도
포기하면 안 된다.
한 걸음 떨어져 걸어가다 보면
오랫동안 함께 키워 온 한그루
우리들의 나무가 변함없이
자라고 있음을 알게 될 것이기에

다르다는 것이 서로 힘들게 해도
단 하나의 선택으로 좋은 거울을
판단해서는 안 된다.
친구라는 말이 자유라는 말에서
유래되었다는 것은 혼자만의
자유가 아니라 둘이 함께 있을 때
더욱 자유로울 수 있다는 것이기에

* 한담 : 심심하거나 한가할 때 나누는 이야기 또는 중요하지 아니한 이야기.
* 좋은 거울 : 최고의 거울은 친구의 눈이다(아일랜드 속담).

슬프다

사람을 믿어서 슬프다.
사랑을 믿어서 더욱 슬프다.

지천명 지나며

올라가는 길이
내려가야 할 길인데
앞만 보고 살았기에
부끄러운 결음 보이는
가을 짙어 들어서
허망한 그림자 따라
소중한 것 놓치며 살았음을
알게 된다.
떠난 사람의 이별보다
남겨진 사람의 이별이
더욱 그립고 안타까운 것처럼
떠나온 날보다
남겨진 날이 외롭다.

* 지천명(知天命) : 쉰 살을 달리 이르는 말.
* 허망하다 : 어이없고 허무하다.

술 1

슬퍼서 한잔, 즐거워서 한잔
벗할 수 있는 친구가 있어야 하는데
혼자서 마시는 술은 언제나
후회할 일만 많아서 슬퍼진다.
그대 이미 술과 친해졌다면
시간에 깊어지는 맛과 멋스러움으로
혼자만 가질 수 있는 즐거움
누구에게도 말하지 마라.
조금은 과장된 그대 마음
화려했다던 어제를 더 그리워해서
별 변화도 없을 내일을 살아가야 하는
그대를 지치게 할지도 모른다.
그리워서 한잔, 행복해서 한잔
벗할 수 있는 친구가 있어야 하는데
혼자서 마시는 술은 언제나
우리의 내일이 없어서 슬퍼진다.

* 과장(誇張)되다 : 사실보다 지나치게 불려서 나타나다.
* 화려(華麗)하다 : 환하게 빛나며 곱고 아름답다.

친구라서

굳이 좋은 곳이 아니라도
별다른 이야기는 없어도
쉽게 자리가 만들어지면
시작된 노을 새벽을 열어도
오랜 친구가 있어서 좋았더라.

반복된 한담에 늦게 나온
별들이 졸린 눈으로
피곤해질 태양을 잉태해도
어제의 오늘 같은 오늘의
친구가 함께여서 좋았더라.

서로 안부를 묻지 않아도
함께 지나온 이야기가 있고
내일을 함께 꿈꿀 수 있기에
서로 의지하며 걸어가는
친구라서 좋았더라.

* 한담(閑談) : 한가하게 서로 주고받는 이야기.
* 잉태(孕胎) : 임신
어떤 사실이나 현상이 내부에서 생겨 자라남.

어머니의 시간

어머니의 시간
힘들게 흘러서
아들딸이 자란다.
곱디고운 얼굴에
주름만 가득하여도
어머니의 시간
결코 멈추지 않는다.

어른 되어서도
철없는 아이 같은
아들딸들 걱정으로
오늘도 불면
껴안고 잠이 드시는
어머니의 시간은
쉼 없이 흐르고 있다.

만월

그믐, 초승, 상현 지나
나신을 보여줄 땐
빨갛게 상기된 얼굴
바다 위에 놓였다.

정월이라 밝은 달
바다 위에 올려놓고
어머니 손이 닳도록
빌고 빌어 아이들이 자란다.

아폴로 11호
고요의 바다에 사는
붉은 토끼 두 마리
마을 뒷산에 높게 떠올랐다.

한가위라 밝은 달
높은 산에 걸어놓고
어머니 손이 닳고 닳아
아이들은 어른이 된다.

* 나신 : 알몸
* 아폴로 11호 : 미국의 달 탐사 유인 우주선.
* 고요의 바다 : 미국의 우주선 아폴로 11호가 달에 착륙하여 인류 최초로 발을 디딘 곳이다.

어머니

오래 살았다 한다.
그만하면 되었다 한다.
딸들 모두 출가시켰고
아들들도 짝 이루었으니
이만하면 잘 살았다 한다.

좋은 것, 맛난 것 모두
자식들에게 먼저 주시고
당신을 위해 사신 날
하루도 없으면서
이만하면 잘 살았다 한다.

* 출가(出嫁) 처녀가 시집을 감.

어머니에 대한 단상

어머니는 단한한 마음으로 얼마나 고독했을까?
단 한 사람 믿고 의지했던 지아비 먼저 보내고
제비 새끼 같은 어린아이들만 곁에 남았을 때
서른아홉 미망인 홀어미 우리 어머니는
단장한 마음으로 한숨과 눈물로 지새웠겠지.
외롭고 서럽고 힘든 나날의 두려움보다
올망졸망한 우리 눈에 비친 막막한 현실에
다잡고 다잡은 마음으로 감내한 세월은
또 얼마나 길고 지난한 시간이었을까?

우리는 그때 몰랐었다.
걷잡을 수 없는 상실감으로 방황했던 시간이었기에
아니 나는 몰랐었다.
아버지의 부재보다 남편의 부재가 주는 더 큰 슬픔을
떠난 사람이야 안타까움을 남기고 떠나면 그뿐
남겨진 사람이 견디어야 할 기나긴 고독과
살아남기 위해 체념해야 했던 많은 것들이 있었다는 것을

두려웠던 시간도 그리운 시간이 되어버린 지금
장성한 아이들은 어머니 품을 떠나 가정을 이루었지만
사랑한다는, 고맙다는 말 한마디 제대로 못하고 산다.
병약해지신 어머니의 식사를 어설프게 차려낼 때마다
아이 손처럼 작아진 어머니 손을 잡고 외출할 때마다

평생 아픈 손가락으로 살아온 날이 부끄럽기만 해서
밀려오는 회한에 울어도 차마 눈물을 보일 수 없다
오늘도 벌써 어른이 된 아이들의 앞날을 염려하시어
마지막 심지로 불 밝혀주시는 어머니가 계시기 때문에

* 단상(斷想) : 생각나는 대로의 단편적인 생각
* 단한(單寒)하다 : 친족이 없이 고독하고 가난하다.
의지할 곳 없고 춥다.
* 홀어미 : 남편을 잃고 혼자 자식들을 키우며 사는 여자
* 단장(斷腸) : 몹시 슬퍼서 창자가 끊어지는 듯함.
* 다잡다 : 다그쳐 단단히 잡다.
* 감내(堪耐) : 어려움을 참고 버티어 이겨 냄.
* 지난(至難)하다 : 지극히 어렵다.
* 부재(不在) : 그곳에 있지 아니함.
* 체념(諦念) : 희망을 버리고 아주 단념함.
* 회한(悔恨) : 뉘우치고 한탄함.
* 차마 : 부끄럽거나 안타까워서 감히.
* 심지 : 등잔, 남포등, 초 따위에 불을 붙이기 위하여 꼬아서 꽂은 실오라기나
헝겊.

선인

겨울 끝자리
봄이 오기 전에
서둘러 떠나가신
임 그리워라.

사랑한다.
단 한마디조차
말하지 못하고
한 세월 다 살았네.

* 선인(先人) : 선친. 남에게 돌아가신 자기의 아버지를 이르는 말.

국화를 보며

당신께서 주셨던
고귀한 사랑으로
한 송이 국화는
꽃이 피었답니다.

당신께서 떠나고
늦게만 찾아오는
아둔한 후회로
매일 그립습니다.

* 국화(菊花) : 국화과의 여러해살이풀.
* 고귀하다(高貴) : 훌륭하고 귀중하다.
* 아둔하다 : 슬기롭지 못하고 머리가 둔하다.

가난하다.

마음이 가난해야 행복해지는데
마음은 욕심으로 가득하고
비천한 재주만 더욱 가난하다.

* 비천(卑賤)하다 : 천박하고 상스럽다.
지위나 신분이 낮고 천하다.
* 재주 : 총명한 기운이 넘쳐 무엇을 잘하는 타고난 소질이나 재능.
무엇을 남달리 솜씨 있게 하는 기술.

침묵

침묵에는 매력이 있다.
긍정 또는 부정의 매력
주절거리는 사람보다
열변을 토하는 사람보다
묘한 매력을 갖고 있어
허실을 구분할 수 없다.

* 침묵(沈默) : 아무 말도 없이 잠잠히 있음. 또는 그런 상태.
어떤 일에 대하여 그 내용을 밝히지 않거나 비밀을 지킴.
* 주절거리다 : 낮은 목소리로 말을 계속하다.
* 열변(熱辯) : 열렬하게 사리를 밝혀 옳고 그름을 따지는 말.
* 허실(虛實) : 참과 거짓을 아울러 이르는 말.

풍경 1

이름 모를 산길
새 한 마리 날아와서
나지막하게 울고 있다.
외로운가 보다.
바람 바스락거리는 소리
놀란 새 한 마리
나를 본다.
고요함을 혼자 울린 것 같아
부끄러운지 날아간다.
혼자 남겨진 발걸음 소리
말없이 걸어간다.
외로운가 보다
이름 모를 산길에
새 한 마리마저 날아가 버리고

비도산고

동생으로 불러도 친구 같았던 사람아
그대가 떠난 봄날 또 꽃이 지고 있다.

* 비도산고(悲悼酸苦) : 손아랫사람의 죽음을 몹시 슬퍼하여 마음이 쓰라림.

욕심

바람만 그네와 벗하여 소곤거린다.
가끔 함께 놀아주던 아이들은
이제 더 이상 놀이터에 오지 않는다.

컴퓨터, 영어, 미술, 수학, 논술
해야 할 일이 너무 많아진 아이들은
쉽게 놀이를 할 수 없다

지난 세월보다 더욱 빨라진 시계는
부모에게도 잠시의 시간을 주지 않는다.
그래서 아이들은 더욱 바쁘다.

변명하려고 해도 모든 것 욕심이다.
아이들 행복보다 어른들 욕심으로
신데렐라보다 늦게 귀가하는 아이들

채워지거나 채워지지 않는 욕심만 있는
인생이란 욕심이더라.
"마음이 가난한 자는 복이 있나니."

자위

먼저 핀 꽃
늦게 핀 꽃보다
오래 피어있기는
어려울 것이다.

가벼운 것
쉽게 흔들리고
무거운 것은
움직이기 힘들다

피어야 하는 것은
꽃이 필 것이고
움직여야 할 것은
움직일 것이다.

* 자위(自慰) : 자기 마음을 스스로 위로함.

눈물

나이 들어 많아진 눈물
꼭 아내 잔소리 같다.
툭하면 흘러나온다.

배신

나그네의 무덤에 묻히고 싶다.
절대적인 믿음에 대한 배신을 꿈꾼다.
사람들은 누구도 믿지 않는다.
불신시대라 자신을 믿는 사람도
찾아보기 힘들다.

믿음의 약속은 낙엽처럼 흩날리고
배신이라는 단어를 사용할 수 있는
사람들은 현실도피 중이다.

누군가를 믿고 싶다.
믿음을 갖고 싶다.
손 가락질 당하는 악인 된다 해도
끝없는 믿음을 주는 누군가 있어
차라리 나그네 무덤에 묻어다오.

* 배신(背信) : 믿음이나 의리를 저버림.
* 절대적(絶對的) : 아무런 조건이나 제약이 붙지 아니하는, 또는 그런 것.
* 불신(不信) : 믿지 아니함. 또는 믿지 못함.
* 믿음 : 어떤 사실이나 사람을 믿는 마음.
* 현실도피(現實逃避) : 생각이나 행동에서 현실에 적극적으로 맞서기를 회피함.
* 나그네 무덤 : 예수의 피 값으로 밭을 사서 그 밭을 " 피밭 "
또는 "나그네의 무덤"으로 불렀다.

단 한걸음

단 한 걸음이 필요한 것이 인생인지 모른다.
너에게 한 걸음 더 가까이 다가서는 일
자신 인생에 한 걸음 다가서는 일
생각만으로는 이룰 수 없음을 알면서
쉽게 떨어지지 않는 단 한 걸음.

마음

깨어지기 쉬운 것도
소중히 다루면
오랫동안 함께할 수 있고
무던한 것도
함부로 다루면
쉽게 상처받고 깨어진다.
네 마음이 그렇고
내 마음은 더욱 그렇다.

검은 새

움츠린 날개
검은 새를 보았다.

경험하지 못했던
서투름으로 주저앉아
날지 못하는
검은 새를 보았다.

한때 창천 지나
호천을 날았다던
추억뿐인
검은 새를 보았다.

존재조차 모호하게
퇴화 된 날개로
추락할 수도 없는
검은 새를 보았다.

거울 속에 사는
검은 새를 보았다.

* 움츠리다 : 몸이나 몸의 일부를 몹시 오그리어 작게 하다.
* 서투르다 : 일 따위에 익숙하지 못하여 다루기에 설다.
* 창천(蒼天) : 맑고 푸른 하늘. 사천(四天)의 하나. 봄 하늘을 이른다.
  구천(九天)의 하나. 동쪽 하늘을 이른다.
* 호천(昊天) : 넓고 큰 하늘. 사천(四天)의 하나. 여름 하늘을 이른다.
* 모호하다(模糊) : 말이나 태도가 흐리터분하여 분명하지 않다.
* 퇴화(退化) : 진보 이전의 상태로 되돌아감.
* 추락(墜落) : 높은 곳에서 떨어짐. 위신이나 가치 따위가 떨어짐.

나는 길을 잃었다

나는 길을 잃었다
친구도 잃고
일상도 잃고
아직도 떠나지 못한 마음
비열한 굴욕 견디며 산다.

나는 길을 잃었다.
마음은 과거에 살고
현실은 오늘을 죽인다.
학교에서 배우지 못한
잘못된 선택으로 길을 잃었다.

나는 길을 잃었다.
침묵으로 인내해야 하는데도
무엇인가 말하려 한다.
길거리 한담 같은 일로
너무 아픈 마음 되어 산다.

나는 길을 잃었다.
우측통행에 익숙해지지 못하고
익숙하게 왼쪽으로 가는 마음
부딪치는 사람과 사람 속에서
나는 길을 잃고 말았다.

* 일상(日常) : 매일 반복되는 생활.
* 비열(卑劣)하다 : 사람의 하는 짓이나 성품이 천하고 졸렬하다.
* 굴욕(屈辱) : 남에게 억눌리어 업신여김을 받음.

삶 1

자신을 용서하는 일
세상에서 가장 힘든 일
사는 것이 힘든 일이라고
지나온 많은 날이
나지막하게 속삭인다.
자신을 용서하지 못하고 살았던
어제와 오늘이 내일로 흘러도
여전하게 걸어가고 있다.
사는 것이 힘든 일이라고
그래서 모두 꿈을 갖고
내일이라는 희망으로 산다.
자신을 용서하는 일
자신을 이해해야 하는 일이라서
또 미루어진다.

* 여전(如前)하다 : 전과 같다.
* 용서(容恕) : 지은 죄나 잘못한 일에 대하여 꾸짖거나 벌하지 아니하고 덮어 줌.

혼자만

늘 혼자만의 마음이었다.

제 마음 하나 다스리지 못하는
어리석음으로 하루하루 살면서
혼자만 현실이 너무 슬프단다.

그대에게 무엇도 해줄 수 없는
이 시간 속에서
혼자만 너무 힘들고 괴롭단다.

늘 혼자만의 마음이었다.

시작해야 이룰 수 있음에도
한 걸음도 나아가지 않고
혼자만 추억으로 살고 있다.

비워야만 채울 수 있음에도
잊는 일에 고집부리며
혼자만 시간을 붙잡고 산다.

* 다스리다 : 어지러운 일이나 상태를 수습하여 바로잡다.

아내에게

사랑은 둘이서
마주 보는 것이 아니라
같은 곳을 보는 것이라 해도
난 그대를
마주 보며 살고 싶다.

서로만을 바라보는
고립으로도 행복해지는
필조 될 수 있다면
난 그대와
하루살이 되어도 좋겠다.

* 고립(孤立) : 다른 사림과 어울리어 사귀지 아니하거나 도움을 받지 못하여 외톨이로 됨.

* 필조(匹鳥) : 원앙(鴛鴦). 원앙은 서로 떨어지지 않고 늘 함께 다니는 새로 암수 중 한 마리가 죽으면, 먹이도 먹지 않고 상대를 그리워하다 죽는다고 알려져 있어서 필조라고도 부른다.

삶 3650

수없이 자살한 어둠
새벽으로 밝히는 것은
희미하게 보이는
자세히 보면 또렷해지는
작은 불빛 하나 때문.

모든 것이 나에게서 나와서
내게로 돌아오는 줄 알아서
혼자서 후회하고 잊으려 해도
용서할 수 없는 분노의 밤
매일매일 찾아들어 괴로웠다.

부지불식간에 옥죄는
현실에 무기력해지는
어제와 오늘을 살지만
내일을 꿈꿀 수 있는 것은
변함없는 그대 때문.

* 출이반이(出爾反爾) : 너에게서 나간 것이 너에게 돌아온다.
증자(曾子)의 출호이자(出乎爾者), 반호이자야(反乎爾者也)를 맹자(孟子)가 인용해서 유래되었다.
* 부지불식간(不知不識間) : 생각하지도 못하고 알지도 못하는 사이.
* 옥죄다 : 옥여 바짝 죄다.

1971과 2014

1971년도 동전 하나를
2014년의 중년이 만났다.

한 번쯤은 만났을 법한
1971년도 동전 하나
2014년의 중년을 만났다.

1971년엔 아직 어리고 여렸지만
2014년 중년보다는 가치 있었던
소년이 살았다고 한다.

1971년 동전은 세월 흘러
2014년엔 오그라진 가치로
쓰임이 없어졌다고 한다.

2014년엔 1971년의 동전과 소년
같은 모습으로 살고 있다고 한다.

* 중년(中年) : 청년과 노년 사이의 나이. 마흔 살 안팎의 나이.
* 오그라지다 : 몸이 움츠러져 작게 되다.

고백 2

그 누구도 행복하게 해 주지 못한 사람
세상사 마음에 들지 않는다고 불평하며
이것은 이래서 싫고, 저것은 저래서 싫다고
신기루 같은 꿈속에서 혼자 살았다.
사랑하는 사람의 마음을 헤아릴 줄 모르고
과거에 붙잡혀서 하루를 반성 없이 살고
이유 없는 분노로 세상을 달팽이 걸음 하며
자꾸만 작아지는 하루에 더욱 움츠려졌다.
술 취한 마음은 용기없는 만용으로
지난날처럼 행복했던 미래를 만들기도 했지만
지울 수 없는 상처를 만드는 삶을 되풀이하며
혼자서 불행하다. 불평하며 살고 있다.
사랑하는 사람이 행복해져야 비로써
진정한 행복을 찾을 수 있음을 잊고 살았다.

* 고백(告白) : 마음속에 생각하고 있는 것이나 감추어 둔 것을 사실대로 숨김없이 말함.
* 헤아리다 : 짐작하여 가늠하거나 미루어 생각하다.
* 신기루(蜃氣樓) : 아무런 근거나 현실적 토대가 없는 가공의 사물이나 헛된 생각을 비유적으로 이르는 말.
대기에서 일어나는 빛의 이상 굴절 현상으로 공중이나 땅 위에 무엇이 있는 것처럼 보이는 현상.
* 만용 : 분별없이 함부로 날뛰는 용맹.

부모

당신들 마음조차 돌볼 시간 없이
자식들을 위해 사셨는데
어찌하여 난 나만의 생각에
잠겨있는 것일까?

너와 나

너인 줄 알았는데
나였고
너 때문인 줄 알았는데
나 때문인 세상

나인 줄 알았는데
너였고
내 덕분인 줄 알았는데
네 덕분인 세상

인생 행불행은
자신 탓인 줄 알기에
후회를 쌓고 살지만
너 없이는 못 살겠다.

* 행불행(幸不幸) : 행복과 불행을 아울러 이르는 말.
* 쌓다 : 여러 개의 물건을 겹겹이 포개어 얹어 놓다.

한 잔의 술

톱니바퀴로 어우러졌던 사람들
서둘러 집으로 돌아간 후
엄습해오는 외로움으로
갈 곳 잃어버린 날
잊어버린 듯 참아왔던 설움
취하지 않고는 버티어낼 수 없다.

비워지지 않는 한 잔의 술
수없이 비워낸 술잔으로 달래도
끝나지 않는 인연이란 없기에
결국, 비워지지 않는 한 잔의 술
홀로 남겨놓고 돌아가야만 하는
우리는 누군가의 한 잔의 술입니다.

* 톱니바퀴 : 둘레에 일정한 간격으로 톱니를 내어 만든 바퀴.
* 어우러지다 : 둘 이상이 모여 하나의 큰 덩어리나 판을 이루다.
* 엄습(掩襲) : 감정이나 생각 따위가 갑작스럽게 들이닥치거나 덮침.
* 설움 : 서럽게 느껴지는 마음.
* 버티다 : 어려움을 참고 견디거나 당해 내다.
* 비워지지 않는 한 잔의 술 : 혼자 술을 마실 때 친구나 연인의 잔을 따라 놓고 파할 때까지 채워 놓음.

그런 날들이 있었다.

그런 날들이 있었다.
종일 하늘만 바라보면
비가 내려야 눈물 보이지 않던
그런 날들이 있었다.

그런 날들이 있었다.
해가 떠도 너무나 어두워서
취하지 않고는 살 수 없었던
그런 날들이 있었다.

* 종일 : 아침부터 저녁까지의 동안.

부부

세상 모든 사람이 이해하지 못할 일도
그 아내이기에 이해할 수 있고
그 남편이기에 이해할 수 있어야 한다.

그러나 모든 사람이 이해하는 일도
내 아내만 이해하지 못하고
내 남편만 이해하지 못한다.

사랑하면서 생채기 난 가슴
혼자만의 상처라는 생각
서로를 더 이해하지 못하게 만든다.

자신들만의 거울을 보고
혼잣말할 때가 많아서
작은 일에도 서로 이해하지 못한다.

그러나 모든 사람이 이해할 수 없는 일
습관처럼 서로 배려할 수 있는 사람들이
오직 부부라는 사람들이다.

아내 되어서 행복하고
남편 되어서 너무 행복하다고
오늘 부부가 되는 사람들이 있다.

* 생채기 : 손톱이나 날카로운 것 따위로 할퀴어지거나 긁혀 생긴 작은 상처.
* 습관(習慣) : 어떤 행위를 오랫동안 되풀이하는 과정에서 저절로 익혀진 행동방식.
* 배려(配慮) : 도와주거나 보살펴주려고 마음을 씀.

세월

세월 참 고르지 않다.
그 세월 참 고르지 않다.
고르지 않은 나이테처럼
시간 지날수록
더 고르지 않는 세월
만나 웃고 울고 산다.

* 나이테 : 나무의 줄기나 가지 따위를 가로로 자른 면에 나타나는 둥근 테.

10,065일

어디서 왔다가
어디로 가는지
모두가 알지만
오늘이 힘들어
욕심을 부리고
내일을 몰라서
선택은 두렵고
사랑을 꿈꿔도
행복은 요원해
평생을 헤매도
그대만 있다면
꿈조차 좋아라.

* 요원하다(遙遠) : 아득히 멀다.
* 조차 : (흔히 체언 뒤에 붙어) 이미 어떤 것이 포함 되고 그 위에 더함을 나타내는 보조사. 일반적으로 예상하기 어려운 극단의 경우까지 양보하여 포함함을 나타낸다.

언제나 곁에 있는

언제나 곁에 있는
그대에 대한 그리움
아무리 마셔도
채울 수 없는 갈증이었다.

아주 늦을지도 모르는
내일을 위한다는 명목으로
오늘을 외면하며
욕심에 목말라 했었다.

찾았거나 찾아다닌
많은 것은
소중한 그대처럼
너무나 가까이에 있었다.

언제나 곁에 있는
우리에게도 사랑할 시간은
그리 많지 않다
지금 사랑해야 한다.

* 명목(名目) : 구실이나 이유. 겉으로 내세우는 이름.
* 외면(外面) : 마주치기를 꺼리어 피하거나 얼굴을 돌림.

연말

과거라는 무책임한 언어로
또 삼백육십오일을 묻고 있다.
봄날의 아지랑이 같던 꿈
결과는 모두 다르지만
규정된 한해는 끝이 보인다.

실패한 꿈은 잊어야 한다고
어둠마다 독주 부어보아도
황금의 가치만 평판으로 남고
낙엽이 새싹을 싹트게 한다고
하늘을 보면 별빛은 봄날 같다.

변하는 것은 자신뿐인 줄 알면서
애써 세상이 변해주기를 기다리며
모임에 모임으로 외로움 껴안아도
덩그러니 혼자 남겨지는 시간
수없이 보내고 맞이한 연말

* 규정(規正) : 규칙으로 정해지다.
* 평판(評判) : 세상 사람들의 비평.
* 덩그러니 : 넓은 공간이 텅 비어 쓸쓸한 모양.

삶 2

화전을 일구고 살더라도
세상의 모든 일보다
우선이 되는 사람과 살고 싶다.
그 사람과 함께 하루를 살고
세월이 늙어지면 시나브로
노을 속으로 함께 지고 싶다.

* 화전(火田) : 주로 산에 있는 초목에 불을 지르고 그 자리를 파 일구어 농사를 짓는 밭.
* 일구다 : 논밭을 만들기 위하여 땅을 파서 일으키다.
* 우선(于先) : 어떤 일에 앞서서.
* 시나브로 : 모르는 사이에 조금씩.

욕심 2

차라리 눈 감고 살고 싶다.
보이는 모든 것, 탐욕을 부른다.
그러나 눈 뜨고 살아야 하는 것은
오직 그대 때문이다.

그대를 그리워하는 것도
그대를 사랑하는 일도
모든 것이 만족을 모르는
오직 욕심 때문이다.

행복해지자고 부리는 욕심
그대를 더 외롭게 해도
멈출 수 없는 이 욕심은
오직 그대 때문이다.

* 탐욕(貪慾) : 지나치게 탐하는 욕심

부부 2

삼백육십오일 사랑하며 살지만
벼랑 같은 다툼도 함께 산다.

사랑으로 세월 기다리며 살지만
사랑 때문에 사랑에 속는다.

간격 없는 가까움으로 살지만
많은 다른 꿈으로 산다.

삼백육십오일 사랑하며 살지만
갈림길 같은 다툼도 함께 산다.

* 벼랑 : 낭떠러지의 험하고 가파른 언덕.

그대 있음으로

뿌리 깊은 나무
꽃 어여쁘고 열매 또한 많음이
부럽고 부러운 일이어도
그 나무 어릴 적이
불혹 지나 겨우 눈에 보였다.

히말라야 고봉
저 혼자 높은 듯 눈부셔도
그 높이만큼
깊은 골 껴안고 높아진 것을
지천명 가는 길에 겨우 알았네.

그댄 늘 무엇인가 준비하고
아직 여린 마음은
아직도 뿌리만 내리는 중인지
골짜기 지나서 능선인지

오늘 없는 내일 없음을 알면서
그대 있음으로
선무당이 태공망 흉내를 내며
이순을 기다린다.

* 불혹(不惑) : 마흔 살을 이르는 말. 출전은 “논어” 위정편.
* 지천명(知天命) : 쉰 살을 이르는 말. 출전은 “논어” 위정편.
* 선무당 : 서투르고 미숙하여 굿을 제대로 하지 못하는 무당.
* 태공망(太公望) : 중국 주나라의 정치가이자 공신
본명은 강상(姜尙)이며 속칭 강태공(姜太公)으로 알려짐.
* 이순(耳順) : 예순 살을 달리 이르는 말. ≪논어≫ <위정편(爲政篇)>에서,
공자가 예순 살부터 생각하는 것이 원만하여 어떤 일을 들으면
곧 이해가 된다고 한 데서 나온 말이다.

천국과 지옥

천국이 있다면 단 하나뿐
그대와 살고 싶은 이 세상
지옥이 있다면 단 하나뿐
그대 없이 살아야 할 이 세상

* 천국(天國) : 하느님이나 신불(神佛)이 있다는 이상(理想) 세계.
어떤 제약도 받지 아니하는 자유롭고 편안한 곳.
* 지옥(地獄) : 큰 죄를 짓고 죽은 사람들이 구원을 받지 못하고 끝없이 벌을 받는다는 곳.<기독교>
죄업을 짓고 매우 심한 괴로움의 세계에 난 중생이나 그런 중생의 세계. 136종이 있다.<불교>
아주 괴롭거나 더없이 참담한 광경.

사랑

불 꺼진 가로등
혼자 두고 쓸쓸히 돌아옵니다.
오늘 그대를 곁에 둘 수 없지만
내일 어느 날 둘이서
이 길 함께 돌아올 수 있다면
다시는 헤어지지 않을 겁니다.

우연처럼 볼 수 있는 날
변덕 심한 어느 봄날 지나
햇살 가득한 여름에 이르러
그대 눈동자 속으로 온전히
투영되었던 사랑이라서
더욱 행복했던 날이었답니다.

불 꺼진 가로등
쓸쓸히 남겨두고 돌아옵니다.
그대 볼 수는 없지만
고운 목소리 귀에 머물고
따뜻한 체온은 마음에 남아
벌써 그립고 그립답니다.

아무리 멀리 떨어져 있어도
한걸음에 닿는 사람 되어

더 이상 설레지 않는 그리움과
반복적인 일상에 길들여져도
오직 변하지 않는 마음
어제와 다름없습니다.

* 변덕(變德) : 이랬다저랬다 잘 변하는 태도나 성질.
* 투영(投影) : 어떤 일을 다른 일에 반영하여 나타냄을 비유적으로 이르는 말
물체의 그림자를 어떤 물체 위에 비추는 일.

그 겨울

또 다시 겨울입니다
어제의 겨울 같은 설렘 있는
그 겨울입니다

처음으로 그대에게
떨리는 마음 건네던
그 겨울입니다

아픈 가슴에
차마 말 못하고 돌아섰던
그 겨울입니다

이제 함께 있음으로
오래전 그날을 기억하는
그 겨울입니다

겨울 지나고
꽃 핀다는 것을 알게 된
그 겨울입니다

사랑합니다.
이 겨울이 지나면 더 행복해진
그 겨울에 닿을 겁니다.

그 사람

눈이
즐거운 사람보다
마음이
즐거운 사람

그 사람과 산다.

지금
그리운 사람보다
언제나
그리워질 사람

그 사람과 산다.

어진 아내와 좋은 친구는 빈천해져서 비로소 안다. 1

눈 뜨면 제일 먼저 보이는 사람
삶이 주는 희로애락에 피곤한지
지친 얼굴, 한 장의 그림처럼 잠을 잔다.
오늘을 열어야 하는 시간은 다가오는데
좀처럼 현실로 돌아오기 싫은 듯
깊은 꿈속에 머물러 있으려고만 한다.

평생 그대에게는 작은 그릇이라서
그대 아픈 마음 단 한 번도
제대로 담아내지 못하고 살고 있다.
그럼에도 그대 있음으로 행복한 시간은
어제에서 오늘로 흐르고 오늘은
또 내일로 변함없이 흘러갈 것을 안다.

그대도 행복한지, 행복해서 웃고 사는지
울지 못하는 웃음으로 하루를 살고
또 하루를 살아서 습관으로 살아지는지
어떤 모진 인연이 그대에게 닿아서
빈천해진 사람이 줄 수 없는 지난 사랑
홀로 기다리며 살고 있는가?

이미 가치 없어진 과거의 굴레에 얽매여
반복해서 어제를 살고 있는 사람을
사랑하는 일은 너무 힘든 일이라서
오늘이 어제 같을 것을 너무 잘 알기에
그대도 어제의 사랑으로 꿈을 꾸며
그 꿈속에 깨어나기 싫어하는 듯 잠을 잔다.

* 빈천(貧賤) : 가난하고 천함.
* 모질다 : 마음씨가 몹시 매섭고 독하다.
* 굴레 : 행동이나 의사의 자유를 얽매는 일.

인연

오늘도 어제처럼 그대를 생각하며
오직 한사람만의 사랑을 기다렸네.
언제나 돌아오는 그대를 사랑해도
그대뿐만 아니라 마음이 돌아와야
지난날들의 시간들이 살아났다네.
어제의 인연으로 오늘들이 살아서
사랑한다는 인사로 우리가 되었고
인고의 세월도 나이테가 되어있다.
우리들의 사랑은 의구해 질 것이고
음전한 그대사랑이 사명이 된다면
변함없이 그대만을 사랑하게 된다.
가끔은 우리들의 사랑이 민주대도
그대 이번 생애는 나만의 인연이다.

* 인고(忍苦) : 괴로움을 참음.
* 의구(依舊)하다 : 옛날 그대로 변함이 없다.
* 사명(死命) : 죽음과 생명
* 음전하다 : 말이나 행동이 곱고 우아하다.
* 민주대다 : 몹시 귀찮고 싫증나게 하다.
* 생애(生涯) : 살아 있는 한평생의 기간.

한사람 7

그대를 사랑하느냐 물으시면
가만히 웃음 짓습니다.
몇 번을 다시 살아도
모두 표현할 수 없는 눈물로
오직 한 사람 그대를 사랑합니다.

처음으로 사랑하는 눈빛
그대를 바라보던 순간부터
작은 행동이 많은 의미가 되어
봄, 여름, 가을, 겨울 함께 견뎌낸
오직 한 사람 그대를 사랑합니다.

쉽게 스쳐 지나치는 타인에서
전화 목소리에 가슴 떨려오던
수많은 날을 함께 행복했기에
슬픈 날, 걸음 멈추지 못할
오직 한 사람 그대를 사랑합니다.

그대를 사랑하느냐 다시 물으시면
가만히 그대를 바라봅니다.
몇 번을 다시 산다 해도
모두 표현할 수 없는 이 마음
오직 한 사람 그대를 사랑합니다.

사랑하는 H.E & J.R에게

거짓으로 탑을 쌓지 마라.
무너지는 아픔을 느낄 것이다.
무너지지 않고 높아진다면
그 고통 또한 커질 것이다.

중심이 필요한 것이 삶이다
어쩌면 중심이라는 것이
삶의 목적이나 목표보다
더 중요한 것일지도 모른다.

화복이란 손바닥과 손등이다.
언제나 함께 다니는 손이다.
즐거운 일을 즐길 수 있어야
슬픈 날 슬퍼할 수 있다.

편안함에 길들여지지 마라.
편안함의 친구는 나태함이다.
편안함을 얻기 위해 견디어 낸
고통의 시간을 잊지 마라.

어떤 일을 타인과 함께할 때
이상적인 판단이란 개인의
생각에 따라 편차가 크지만
정중한 판단은 인격이 된다.

인정하기 싫은 일을 인정할 수 있는
사람이야말로 용기 있는 사람이다.
초대받으려고 노력하지 마라.
초대하는 사람이 되어야 한다.

자신에게 엄격한 사람이 되어라
타인을 비판할 때 자신을 생각하고
비판해야 한다면 간결하게 하고
현재의 잘못만을 이야기해라.

지난날 일로 힐난하지 마라.
어제 일을 가지고 오면
그 누구도 자유로울 수 없다.
실수 없는 사람은 존재하지 않는다.

무엇인가 거절할 일이 있을 때
정중하고 단호하게 거절해야 한다.
부탁하는 사람 마음을 상하게 하면
친구를 잃을 수도 있게 된다.

가장 큰 용기는 인내하는 것으로
한신(韓信)의 예를 보면 알 수 있다.
빙산의 일각이 수면 위에 있어도
빙산 자체는 수면 아래 있다.
사람으로 사는 것은 수많은
책임의 수레를 끌며 사는 것이다.

지금 걸어가는 길 위에 놓인
책임에 집중해야 한다.

경쟁에서 승리하게 되었을 때
말을 아끼고 겸손해야 한다.
승리에 도취해서 상대를 무시하면
원한의 불씨를 껴안고 살게 된다.

단점이 없는 사람은 없다.
단점은 누구나 쉽게 볼 수 있다.
하나의 장점이 없는 사람도 없다.
장점을 많이 보아야 행복해진다.
지킬 수 없는 약속을 하지 마라.
지킬 수 있을지 모호하다면
약속하지 마라.
작은 약속이 모여서 신용이 된다.

좋은 사람들과 어울려야 한다.
강남 귤도 강북에서는 탱자 된다.
맹모삼천지교를 봐도 알 수 있다.
먼저 좋은 사람이 되어야 한다.

첫인상에 너무 현혹되지 마라.
가까이 두고 오래 보면서
옥석을 구분하는 것이 현명하다.
타산지석은 좋은 예이다.
아침에 해야 할 일이 있고
저녁에 해야 할 일이 있는 것처럼

배움의 시간도 정함이 있기에
황혼에 바빠서는 성취할 수는 없다.

쉬운 방법으로 이루어지는 일은
쉽게 잃을 수도 있는 일이다.
무엇인가를 이루려고 할 때
노력만큼 좋은 왕도는 없다.

천천히 이야기하는 습관을 길러라.
한 번 더 생각하고 이야기한다면
실수가 적어지고 실수가 적어지면
분쟁에 휩쓸리는 경우가 작아진다.

논쟁에는 날카로운 칼이 숨겨져 있다.
논쟁에서 이긴다 해도 상처뿐이다.
어리석은 사람만 논쟁이 시작되면
언제나 이기려고 피땀을 흘릴 뿐이다.
만약 망설여지는 일을 만나게 되면
후회해도 좋을 일은 반드시 해야 하고
남에게 주어야 할 것은 주는 것이 좋고
내가 가지는 것은 갖지 않는 것이 좋다.

실패를 두려워하지 마라.
실패하면서 성공에 가까워진다.
제대로 된 걸음을 걷기 위하여
수없이 넘어지는 아이를 보아라.
즐거운 일과 하기 싫은 일 중에는
하기 싫은 일을 먼저 해야 한다.

유한한 시간을 효율적으로 쓸려면
즐거운 일을 남겨야 행복하다.

많이 보고 많이 듣고도
침묵할 수 있다면 행복에 가깝고
일천한 지식으로 논쟁하면
교만의 대가를 치르는 날이 있다.

습관은 제2의 천성이 된다고 한다.
나쁜 습관은 게으름에 기인한다.
좋은 습관으로 행동하면
인생이라는 항해가 즐거워질 것이다.

진실을 말한다고 해도
변명처럼 받아들여 오해받으면
행동으로 말하는 편이 좋다.
시간은 진실의 좋은 친구이다.

다른 사고방식으로 살아가고
서로 표현하는 방법이 달라서
가끔 서로 마음을 다치게 해도
인연을 소중하게 생각해야 한다.
거짓을 경계해야 한다.
몇 번, 몇 명은 속일 수 있으나
진실은 시간의 좋은 친구라서
영원히 속일 수는 없다.
어떤 분야에서든지 실력 있는 사람을
존중하고 인정하는 습관을 길러라.

하루 노력해야 하루의 실력이 생긴다.
진정한 실력이란 꾸준한 노력이다.

인생은 언제나 선택의 연속이다
이미 지나간 날의 잘못된 선택으로
오늘을 허비하며 후회하지 말고
오늘 선택으로 미래를 바꾸면 된다.

실수할까 두려워 망설이지 마라.
실수하면서 쌓은 경험이야말로
성공을 위한 든든한 토대가 된다.
도전하는 사람만 성취할 수 있다.

경험보다 좋은 선생은 없다고 한다.
가능하면 많은 경험을 쌓으면 좋다
쉽게 경험할 수 없는 일들을 위해
수많은 책이 가까운 서점에 있다.

사랑하는 나의 희언과 진록
지식은 누구나 가질 수 있지만
편협한 지식을 경계해야 하고
지식보다 지혜로워야 행복해진다.

미력이지만 세상 다한다 해도
굳건하게 너희들의 편인 소중한
가족이 있다는 것을 잊지 말고
너희도 좋은 가족을 이루어라.

사랑하는 형에게

참 많은 시간 흘렀지만 변함없는 것이 있다는 것은 놀라운 일입니다.
대학시절에 만났으니 이제 30년도 더 지났군요. 그동안 수많은 일을 겪으면서도 인연을 소중하게 여기던 사람이 무엇에 그토록 실망했는지 그 많았던 주위 사람을 모두 떨쳐 내버리고 홀로 갇혀서 사는지 곁에서 보며 답답했던 마음이야, 말로 다 못하지만 스스로 갇혀서 지내는 형보다는 견딜만한 일이라서 1년 2년 또 그렇게 그대를 기다리면서 몇 번의 겨울이 지났는지요.
세월은 무심했지만 다행하게도 아이들은 무탈하게 자라주었고 모두 제 나름의 삶을 열심히 살아가고 있는 즈음에 드디어 형이 마음을 열고 지난했던 시절에도 꾸준하게 적어 온 글을 엮어 시집을 다시 낸다고 하니 반가운 마음에 부족한 글이지만 이렇게 몇 자 감회를 적어 봅니다.
부부로 때론 친구처럼 살아온 지난 시간 서운한 적도 있었지만, 행복한 시간을 살아왔고 앞으로는 더 행복해질 수 있다고 믿으며 하루에 하루를 더하며 살았습니다. 이제 다시 세상과 소통을 한다고 하니 길고 지독했던 상처를 어느 정도 극복했으리라 생각되어서 기쁩니다.
오랜 시간 형이 잃은 것은 오직 조금의 재물과 시간이었습니다.
재물이야 원래 우리 것이 아니었으니 그다지 미련도 없지만, 형의 그 찬란한 시간을 움츠리게 한 그 무엇인가는 원망하지 않을 수 없다 하겠습니다.
부디 이번에 발표하는 시집으로 지난날을 모두 추억으로 돌리시고 아직 만나지 못한 친구들과 오랜 친구들이 기다리고 있는 세상 속으로 다시 나아가시기를 바랍니다.

사랑하는 아내

후기(後記)

꽃을 피우지도 못하고 몇 번의 겨울을 지나온 것은 아직 여린 마음이 제 갈 길을 찾지 못해 방황하고 있기 때문입니다.
어둠을 밝음으로 밝히지 못하고 더욱 짙은 어둠으로 감추며 바람처럼 정처 없이 이곳저곳에서 흔들리며 바늘 하나 세울 수 없는 작아진 마음으로 수없이 많은 밤을 괴로워해야 했습니다.
비천한 재주와 빈약한 글로 책을 만든다는 것은 뻔뻔스러운 일이지만 혹여나 누군가 있어 이 책에서 위안을 얻거나 가슴 속에 있어도 글로 표현하지 못했던 마음을 나눌 수 있다면 행복할 것입니다.
"그리움이 술을 마시면"이라는 첫 시집을 발표할 때 보다 더욱 망설인 것은 천둥벌거숭이의 부끄러움 때문입니다.
이 책의 많은 글은 좋은 인연인 많은 사람에 관한 그리움을 가슴에 담아 두었다가 살포시 내려놓은 비망록 형식의 글입니다.
특히 마지막 글은 사랑하는 나의 아이들 희언(希彦)과 진록(鎭祿)을 위해 나름의 생각과 살아오면서 행동으로 옮기지 못해서 후회되는 일 중에서 책과 경험을 통해 알게 된 삶의 단면을 써 놓았습니다.
이 책을 읽는 분들에게도 도움이 되었으면 합니다.
끝으로 이글들을 끝까지 쓸 수 있도록 도움을 주셨던 분들게 감사의 마음을 전합니다.

토닥토닥

초판 1쇄 인쇄/2024년 2월 10일
초판 1쇄 발행/2024년 2월 20일

저 자 김한규

발행인 홍은영
발행처 청운출판사
주 소 경기도 고양시 일산서구 후곡로 10. 908-604
등 록 제2015-000208호. 2015년 10월 29일
팩 스 0504-494-3956
홈페이지 https://blog.naver.com/cheongunpub
편집디자인 푸른구름책
표지디자인 서승연
E-mail cheongunpub@naver.com
ISBN 979 - 11 - 91024 - 39 -5 03810

정 가 14,500원